I0546815

MAISON

DE LOURDES

BÉARN ET LANGUEDOC

Ubique floret.

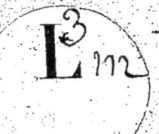

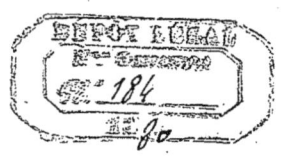

MAISON

DE LOURDES

OU

DE LORDE

BÉARN ET LANGUEDOC

Ubique floret.

MAISON

DE LOURDES OU DE LORDE

BÉARN ET LANGUEDOC

Comtes de LOURDES, marquis de MONTGAILLARD, barons
de MONFA et seigneurs de RODEILLE, de CARAYBAT, du
COURTALET, de la TOUR et de LAMURASSE, de SOULA,
de CHATEAU-MASCARD, de PEYRALADE, etc., etc.

ARMES

A senestre : *Écartelé, au 1er, d'argent à la vache passante de gueules sur un terrain de sinople ; au 2e, de gueules au demi-vol d'aigle d'argent ; au 3e, de gueules à la tour d'argent crénelée de cinq pièces ; au 4e, burelé d'argent et d'azur de huit pièces.*

A dextre : *Écu party, au 1er, d'argent au lion de gueules, armé d'une épée de sable ; au 2e, coupé en chef d'argent à l'arbre terrassé de sinople, en pointe d'azur chargé d'une fleur de lys, qui est de France, et d'un croissant versé d'argent, qui est sarrasin, posés en pal.*

Couronne : *de marquis.* Devise : Ubique Floret.

Supports : *deux branches de laurier.*

Jusqu'à la fin du siècle dernier, cette ancienne famille, qui occupe une large place dans l'histoire de nos provinces méridionales, a porté indistinctement les noms de de Lourdes, ou de Lorde, comme cette ville du Béarn, qui fut son berceau, et qu'on appelait anciennement *Lorde.*

Ses origines historiques, qui remontent aux premiers temps du règne de Charlemagne, furent signalées, comme l'origine des plus grands noms de l'antiquité, par un prodige, que célèbrent à l'envi les historiens et les poètes du Béarn, et qui a acquis, depuis un millier d'années, la popularité d'une légende. Ce prodige, essentiellement lié à l'histoire du château et des anciens seigneurs de Lourdes, est raconté tout au long dans divers ouvrages anciens et modernes, tels que l'*Histoire de*

Lourdes, par M. de Lagrèze, et les *Discours historiques sur Notre-Dame du Puy*, par le P. Odo de
Gisset. Pour la convenance de notre sujet, nous don-
nerons la préférence, entre les nombreux récits qui s'of-
frent à notre choix, à celui que publia, il y a quelques
années, dans un grand journal de Toulouse, un archi-
viste distingué de nos contrées. C'est une courte notice,
où sont clairement exposés les faits et les circonstances
qui ont présidé à l'établissement en Béarn du chef de la
famille de Lourdes, dont nous donnons ci-après la généalogie. Il n'est préambule qui puisse mieux convenir à un
tel sujet.

LES CHEVALIERS DE LA VIERGE

A LOURDES.

Episode de l'invasion des Sarrasins.

C'est surtout à partir du viiie siècle, époque de l'invasion des Maures en Espagne, que l'histoire de Lourdes, dont l'intérêt grandit chaque jour, s'illumine de faits merveilleux. Le voisinage de ces redoutables ennemis du nom chrétien, qui jetèrent l'épouvante dans toute l'Europe, leurs fréquentes incursions en Navarre et en Languedoc, avaient donné une importance extraordinaire à cette place forte, qui jouissait d'une grande renommée et

qu'on appelait la *Porte des Pyrénées*. Les Maures, ce-
pendant, ne tardèrent pas à s'en rendre maîtres.

» Vers l'an 750, disent les chroniques du Béarn , un
prince sarrasin , du nom de Mirat, traversa les Pyrénées, à la tête de quelques troupes , et s'empara du
château de Mirambel , mot patois qui signifie *belle vue.*
On appelait ainsi le château de Lourdes, lequel justifie
pleinement, par le magnifique panorama qui se déroule
au pied de ses murailles, l'étymologie de son nom pri-
mitif. De là , le prince sarrasin étendit rapidement sa
domination sur le pays environnant, dont il demeura
tranquille possesseur jusqu'en 778, année où Charlemagne vint mettre le siège devant cette place.

» Ce siége dura longtemps. Avec un petit nombre
d'hommes, Mirat déploya dans la défense une énergie
et un courage extraordinaires. Sommé à diverses reprises
de se rendre, avec promesse d'être fait chevalier de
Charlemagne et maintenu dans ses possessions, s'il con-
sentait à recevoir le baptême , le chef sarrasin répondit
fièrement qu'il ne reconnaissait aucun mortel au-dessus
de lui et qu'il préférait la mort à la honte d'une capitu-
lation.

» Déconcerté par tant de fermeté et de bravoure, Charlemagne se préparait déjà à lever le siège, quand un miracle inespéré le fit changer de résolution.

» Il y avait, dans le camp royal, un saint évêque, l'évêque du Puy en Velay, aumônier de Charlemagne, et dont l'histoire ne dit pas le nom. Ce prélat assistait, avec une anxiété facile à comprendre, aux péripéties de cette lutte opiniâtre, de l'issue de laquelle semblait dépendre le sort du christianisme en ces contrées et peut-être dans l'Europe entière. Pendant toute la durée du siège, il avait imploré, par d'incessantes prières, la protection de Notre-Dame du Puy, dont le sanctuaire, fort honoré en ce temps-là, attirait beaucoup de pèlerins, et qui, si nous en croyons les anciens chroniqueurs, finit heureusement par intervenir, mais de telle façon qu'Elle seule eut l'honneur et les avantages de la victoire.

» Quand les vivres de la forteresse commencèrent à s'épuiser, les assiégés furent témoins d'un prodige qui frappa vivement leur esprit. Un grand aigle, portant dans ses serres un énorme poisson qu'il venait de prendre dans un lac voisin, s'envola vers la plus haute tour de la forteresse et alla déposer intacte cette proie sur une large pierre qui couronnait cette partie de l'édifice et qui, en souvenir de ce prodige, porte encore aujourd'hui le nom de *pierre de l'Aigle.*

» Emerveillé de ce miracle, le prince sarrasin ne songea d'abord qu'à l'exploiter au profit de sa cause, et voici ce qu'il imagina. Il envoya ce présent du ciel à Charlemagne, en lui faisant dire qu'il « n'avait pas à » craindre la famine tant que son vivier lui fournirait » d'aussi beaux poissons ! »

» Le message fit grande impression sur l'empereur, et son découragement était au comble, quand l'évêque du Puy, pressentant la salutaire influence qu'aurait ce prodige sur les résolutions ultérieures du chef sarrasin, le rassura : « Sire, lui dit-il, l'intervention de Notre-Dame, » qui apparaît dans ce fait, est de bon augure ; ayez » confiance. » Puis, montant à la citadelle, il demande à parlementer avec Mirat, qu'il suppose déjà touché de la grâce : « Puisque vous ne voulez pas, lui dit-il, vous » rendre à Charlemagne, le plus grand des princes ; » puisqu'il ne vous plaît pas de l'avoir pour maître, » reconnaissez du moins pour maîtresse la plus noble » Dame qui fût jamais, sainte Marie du Puy, Mère de

» Dieu. Je suis son serviteur; soyez, vous, son che-
» valier. »

» Le plus habile diplomate, parlant au nom de Charlemagne, n'aurait pas fléchi, avec de telles propositions,
l'intrépide Mirat. Mais sitôt que l'homme de Dieu l'ad-
jure de se soumettre à Marie, sa résistance est vaincue.
Sans hésiter, il déclare qu'il est prêt à rendre les armes
au serviteur de Notre-Dame, à recevoir le baptême et à
devenir chevalier de la Mère de Dieu, à condition toute-
fois que « son comté, libre de tout fief terrestre, ne relè-
» vera jamais, soit pour lui, soit pour ses descendants,
» que d'Elle seule. »

» Or, à cette époque de féodalité, la coutume voulait
que tout nouveau vassal offrît à son suzerain un produit
de sa terre, en signe d'hommage. L'évêque demanda à
Mirat, pour sa céleste suzeraine, ce premier gage de
vassalité.

« Que voulez-vous offrir, demanda-t-il, en signe
d'hommage, à la Mère de Dieu ? »

» Et comme, à ce moment, les deux interlocuteurs se
trouvaient au milieu d'un pré, l'évêque arracha une

poignée d'herbes : « Tenez, ajouta-t-il, offrez-lui ces brins d'herbe »

« — J'offrirai à la Sainte-Vierge ce qu'il faudra, répondit Mirat ; mais est-ce à vous de décider ce que je dois faire ? »

» Le prudent Sarrasin se méfiait que Charlemagne n'acceptât pas les conditions proposées par l'évêque. Celui-ci, quoique certain de l'adhésion de l'empereur, alla aussitôt en conférer avec lui. Charlemagne approuva tout et lui donna ample liberté de traiter sur ces bases.

» Dès qu'il eut connaissance de l'approbation royale, Mirat donna l'ordre à ses soldats d'attacher des guirlandes vertes au fer de leurs lances et d'aller déposer ces guirlandes aux pieds de Sainte-Marie du Puy. Il reçut ensuite le baptême des mains de l'évêque et prit, à cette occasion, le nom de Lorda, qui s'est transformé successivement en Lorde et Lourdes. De tels changements se remarquent assez fréquemment dans notre langue, comme l'observe un savant auteur (1).

« Lorde est devenu Lourdes, dit-il, par la même

(1) *Histoire de Lourdes*, ch. I, p. 91, par M. de Lagrèze.

» raison que Tolose est devenu Toulouse et Bourdeaux
» Bordeaux. A quelle époque? Le baron Taylor prétend
» que Belleforest est le premier qui ait écrit Lourdes au
» lieu de Lorde. C'est une erreur ajoutée à beaucoup
» d'autres qui fourmillent dans son livre. Les plus an-
» ciennes chartes et les anciens auteurs mettaient indiffé-
» remment tantôt *Lorde*, tantôt *Lourdes*. Autrefois, le
» premier mot était plus généralement adopté; aujour-
» d'hui, le second a définitivement prévalu. »

» Selon les conventions faites avec l'évêque, Mirat
resta maître de son comté, et le château de Mirambel,
prenant, selon l'usage, le nom de son seigneur, s'est
dès lors appelé le château de Lorde ou de Lourdes.

» Ces singulières clauses du traité ont été respectées
pendant cinq cents ans. Ce n'est qu'au xiiie siècle, sous
Philippe le Bel, que le comté de Lorde fut incorporé au
royaume de France, au mépris des conventions qui le
plaçaient à jamais sous la suzeraineté nominale de la
Mère de Dieu (1).

(1) V. le *Cartularium palense* et les *Discours historiques* sur N.-D.
du Puy, par le P. Odo de Gisset.

» Dans le dernier siège qu'il soutint contre l'armée royale, le château de Lourdes, disent les chroniques, fut si vaillamment défendu par les descendants de Mirat, devenus les chevaliers de Marie, que, pour les vaincre, les assiégeants durent se résoudre à y mettre le feu.

» Après ce désastre, la famille des seigneurs de Lourdes se partagea en deux branches, dont l'une, la branche aînée, resta dans le Béarn, et dont l'autre vint s'établir en Languedoc, où elle existe encore aujourd'hui. Plus d'un lecteur se rappelle que ce nom a jeté quelque éclat dans nos fastes guerriers et parlementaires (1), et l'on aurait peine à s'expliquer que cette illustre race ait eu le rare privilège d'être mêlée plus ou moins activement, pendant ces cinq derniers siècles, à notre vie nationale, et de traverser sans dégénérer toutes nos révolutions, si l'on ne savait qu'elle a toujours maintenu au premier rang de ses glorieuses traditions le culte de son ancienne suzeraine, la Mère de Dieu. »

(*Messager de Toulouse*, numéro du 3 août 1876.)

(1) Le célèbre M. de Martignac, chef de cabinet sous la Restauration, est de cette famille et se nomme de Lourdes de Martignac.

L a branche aînée de la famille de Lorde ou de Lourdes, qui est restée dans le Béarn après l'incendie du château, s'y éteignit vers la fin du xviiᵉ siècle, époque qui est de plus de 400 ans postérieure à celle de l'émigration de la branche cadette en Languedoc.

Dès l'année 1180, le prieuré de l'hôpital de Toulouse avait à sa tête un membre de cette seconde branche, dignitaire de l'ordre de Saint-Jean de Jérusalem. Un autre, créé prince du Saint-Empire en 1368, fut chargé par le pape Urbain V de la conduite du corps de saint Thomas d'Aquin à Toulouse (1). Leur avènement en Languedoc, où ils ont occupé, dès les premiers temps, diverses charges et châtellenies, remonte donc au

(1) V. le *Nobiliaire toulousain.*

2

xii° siècle. Le premier titre de propriété qui révèle leur
présence dans le comté de Foix, où le tronc principal
de la famille a résidé jusqu'à la fin du xviii° siècle, est de
l'an 1224. C'est à cette date que Raymond de Lourdes
achète à Bernard, comte de Foix, la ville de Balager,
avec ses forts et ses dépendances. Ce fut là, paraît-il,
leur premier pied-à-terre en Languedoc. Mais bientôt
leurs domaines se multiplièrent. On peut voir encore,
dans les archives de la famille, un acte de vente, parfai-
tement conservé, en vertu duquel Raymond de Lourdes et
Pierre de Lorde, deux frères ainsi nommés dans le même
acte, deviennent conjointement possesseurs de la ville
et du territoire de Caraybat, dans le comté de Foix (1).
Le nom de cette seigneurie, qui fut pendant longtemps,
comme nous l'avons dit plus haut, la principale résidence de la branche aînée de cette famille, a toujours
figuré en tête de ses titres nobiliaires, immédiatement
après celle de Lourdes. Car la maison de Lourdes, en
Languedoc, s'était, elle aussi, subdivisée en deux branches (2). La branche de Lourdes de Caraybat, devenue

(1) Ce document porte la date du 3 avril 1246.

(2) On peut consulter utilement là-dessus le *Registre nobiliaire* de
d'Hozier, art. Lourdes-Lorde. On connaît l'autorité de ce généalogiste
du xvii° siècle.

la branche aînée après l'extinction de celle du Béarn, ne s'est éteinte que vers la fin du dernier siècle, et c'est en faveur d'un de ses derniers représentants, Claude-Louis de Lourdes, marquis de Montgaillard, que le roi Louis XIV fit abandon de ses droits sur le domaine de Montgaillard, dont il était conseigneur direct avec le marquis de ce nom. Jusque-là, les deux tiers seulement de ce domaine avaient appartenu aux marquis de Lourdes, qui furent maintenus en possession de leur marquisat par un arrêt de la cour royale de Toulouse, en date du 9 février 1668, arrêt dont la copie existe encore dans les archives de la famille. Ce ne fut qu'environ un siècle plus tard, et par décret royal du 7 octobre 1743, que le domaine tout entier devint propriété exclusive de Claude-Louis de Lourdes et de ses descendants (1).

La branche cadette de Lamurasse, appelée à succéder à la précédente, n'a pu hériter de ses terres et châtellenies, qui étaient d'une étendue et d'une valeur immense et qui, à la faveur des troubles révolutionnaires, lui furent ravies en 1793; mais elle a hérité de ses titres et de ses armes. D'ailleurs, il est à remarquer que, même avant

(1) V. Archives nationales, bulletins 19, 211.

l'extinction de son aînée, la branche de Lamurasse avait toujours porté la vache de Béarn, un demi-vol d'aigle et une tour, qu'on retrouve partout dans les armes de la ville de Lourdes (1).

Les armes de cette ville sont : de gueules, à trois tours d'or, maçonnées de sable sur un roc d'argent; celle du milieu plus élevée, surmontée d'une aigle éployée, aussi de sable, membrée d'or, tenant au bec une truite d'argent.

Aux premiers jours de la Révolution, il ne restait de la famille de Lourdes de Caraybat (branche aînée) que deux filles, dont l'aînée était supérieure du couvent de Foix. La cadette, Mademoiselle Elisabeth de Lourdes, veuve du marquis de Luppé, mourut sans enfants dans la ville de Foix, où elle habitait. Elle désirait laisser sa fortune à Jean-Bertrand de Lorde de Lamurasse, son plus proche parent et son légitime héritier; mais on l'en détourna par l'intimidation et le mensonge, en lui per-

(1) V. le *Livre d'or de la noblesse de France,* par M. de Magny, article Lorde.

suadant que l'ex-seigneur de Lamurasse avait émigré en
Espagne et qu'elle serait incarcérée, même traînée à
l'échafaud, si elle ne se hâtait de vendre tous ses biens.
Bertrand de Lorde, son neveu, était alors détenu dans
la prison de Saint-Gaudens, à plus de vingt lieues de
Foix. La marquise veuve de Luppé consentit à se dépossé-
der de toute sa fortune en souscrivant des actes de vente
simulés.

Bertrand de Lorde de Lamurasse poursuivit la nullité
de ces ventes comme frauduleuses; mais elles furent
maintenues, en première instance et en appel, d'après le
principe que quiconque peut donner peut vendre. Le
jugement accorda seulement l'action en rescision, pour
lésion de plus de moitié prix, et nomma des experts pour
procéder à l'estimation des biens vendus. Il y eut
transaction sur cette instance entre l'appelant et les
intimés.

Bertrand de Lorde a donc succédé aux titres de la
branche aînée par le décès de la dame Elisabeth de
Lourdes de Caraybat, sans postérité, vers la fin du siècle
dernier.

Les documents antérieurs au xiiie siècle, sur les anciens seigneurs de Lourdes, furent détruits par l'incendie du château de ce nom, en sorte qu'on ne peut renouer au-delà de cette époque la chaîne généalogique de cette famille, la plus ancienne peut-être qu'il y ait en Europe. Mais, à partir du xiiie siècle, leur histoire se déroule, sans interruption et sans lacunes, avec une clarté et un entraînement irrésistibles, et, dans les fastes de notre noblesse, leur nom occupe toujours un rang distingué (1).

Les titres originaux et authentiques que cette famille possède encore dans ses archives ne laissent aucun doute sur l'ancienneté de sa noblesse, dont elle a eu d'ailleurs à fournir les preuves en maintes occasions, notamment en décembre 1697, époque à laquelle Pierre de Lourdes fit enregistrer ses armoiries sur le registre armorial de l'élection de Rieux; en 1698, lors de l'ordonnance de main-

(1) V. l'*Histoire du Languedoc*, par Dom Vic et Dom Vaissette, tome 3, page 298; tome 5, page 81.

tenue rendue en l'honneur de Jacques de Lourdes, seigneur de Caraybat, et, en 1786, pour l'admission du marquis de Lourdes de Montgaillard aux Etats de Montpellier.

Sa filiation, par ordre de primogéniture, ne peut s'établir d'une manière certaine qu'à partir de :

HUGUES DE LOURDES, — II⁰ du nom, seigneur de Cazenove, gentilhomme de la Chambre du roi Charles VIII. Il eut, entre autres enfants :

ARNAUD-JEAN DE LOURDES, seigneur de Caraybat, de Bram et de Villarsens, gentilhomme de la Chambre, marié à Philippe de Monthaud, fille de noble Norbert de Monthaud, seigneur de Labat. On sait que la maison de Monthaud était, au xiii⁰ siècle, une des plus puissantes du Midi et dominait sur un pays très vaste dont elle occupait presque tous les points fortifiés (1).

ARNAUD-JEAN DE LOURDES se signala par de brillants faits d'armes et par les talents qu'il déploya en diverses hautes missions dont il fut chargé. En 1491, on le voit figurer parmi les trente-six éminents personnages choisis par le roi pour établir l'assiette de l'impôt dans toutes les provinces. Il eut pour fils et successeur :

NOBLE ROGER DE LOURDES, — maître d'hôtel ordinaire du roi ; marié le 14 juin 1518 à Françoise de Miglos, fille de Bertrand de Miglos, seigneur de Junac (2). De ce mariage naquit, entre autres enfants :

(1) L'historien Olhagaray, dans ses *Chroniques du Béarn et du Languedoc,* raconte que Raymond de Lourdes, seigneur de Lourdes, seigneur de Rodeille et second fils de Hugues, sauva de la destruction, en 1480, la ville de Saverdun, par [une victoire remportée sur les troupes de la reine de Navarre.

(2) Sur cette époque de l'histoire de la famille, on trouve d'importants documents dans l'historien Marca.

JEAN-RAYMOND DE LOURDES, seigneur de
Caraybat et de Montgaillard, conseiller et maître d'hôtel
ordinaire du roi, conseiller et bailli de la ville et château
de Mazères en 1607. De son mariage avec noble
damoiselle Françoise d'Escornebœuf, conclu le 4 août
1612, il eut plusieurs fils dont l'aîné :

NOBLE JEAN DE LOURDES (nommé le plus
souvent de Lorde ou Lordat), seigneur de Caraybat,
de Bram et de Villarsens, gentilhomme de la Chambre et chambellan de M. Gaston, duc d'Orléans, gouverneur des ville et château de Carcassonne, maréchal de
camp des armées du roi, fut ambassadeur en Hollande
et chargé d'importantes négociations pour le service de
la Couronne. De son mariage avec noble damoiselle
Marie de Cassemajour il eut :

NOBLE JACQUES DE LOURDES, seigneur de

Caraybat et autres lieux, né le 7 juin 1647 et mort le
23 mai 1705, lequel avait eu de son mariage avec
damoiselle Jeanne de Miglos :

1º JEAN-FRANÇOIS DE LOURDES, seigneur du Courtalet
et de Lamurasse, officier au régiment d'Auxerre, né le
9 août 1676 (1) ;

2º LOUIS DE LOURDES, seigneur de Bram, diocèse de
Saint-Papoul, généralité de Montpellier, province du
Languedoc, lequel fut reçu Page du roi, dans sa petite
écurie, le 3 décembre 1699, puis sous-lieutenant des
gendarmes de la reine, Mestre de camp de cavalerie et
chevalier de l'ordre militaire de Saint-Louis ;

3º LOUIS et PAUL-JACQUES DE LOURDES, chevaliers de
Malte, enseignes de vaisseau ;

(1) V. pour plus de détails, les *Archives historiques et généalogiques*
de la noblesse de France, aux mots de Lorde, de Lamurasse et du
Fauré.

4° JOSEPH DE LOURDES, prêtre et docteur de l'Université de Toulouse.

De son mariage avec noble damoiselle Paule de Dupac, Jean-François de Lourdes eut, entre autres enfants :

ANTOINE-HENRY DE LOURDES, — seigneur de la Tour et de Lamurasse, conseigneur du Plan et de Lafitte, capitaine de cavalerie, chevalier de Saint-Louis, porte-étendard des gardes du corps. Il était réputé « le plus bel homme de France. » Sa belle taille, haute de plus de deux mètres (1), s'alliait à une force et à une agilité qui rappelaient les âges héroïques. Ses titres et décorations lui donnaient droit, dans la paroisse où il résidait, à un banc d'honneur, pour lui et sa dame, et le marguillier était tenu de lui présenter le pain bénit par

(1) Elle mesurait 2 mèt. 20 cent. Il fallut faire exhausser pour lui de 5o centimètres les portes du château de Lamurasse.

morceau de distinction. Ce droit lui fut contesté par le commandeur de Montsaunès, qui fit défense au marguillier de Mazères de se soumettre aux prétentions de M. de Lourdes. Un procès s'ensuivit, dont les pièces existent encore, et le jugement qui intervint donna gain de cause au seigneur de Lamurasse.

Il épousa, le 20 février 1748, une fille de sang royal :

NOBLE DEMOISELLE MARIE-ANNE D'ESPAGNE, fille unique et unique héritière de maître Laurent d'Espagne, seigneur de Mazères, juge et docteur de l'Université de Toulouse.

La puissante et riche maison d'Espagne, qui, selon l'expression d'un écrivain, « avait couvert de ses nids d'aigle toutes les cimes des Pyrénées », descendait en ligne directe des anciens rois d'Aragon et formait un rameau de la dynastie seigneuriale des comtes de Comminges (1). Elle possédait, entre autres domaines, les

(1) V. *Foix et Comminges*, par Ernest Roschach.

châtellenies de Cassagne et de Mazères, et elle avait fait
de Mazères sa résidence habituelle. C'est là aussi que
vint se fixer, après son mariage avec Marie d'Espagne,
le capitaine de Lourdes, seigneur de la Tour et de
Lamurasse.

De ce mariage est né, le 6 octobre 1753 :

JEAN-BERTRAND DE LORDE (1), seigneur du
Courtalet et de Lamurasse, baron de Monfa, maire de
Mazères.

Héritier, comme nous l'avons dit plus haut, de la
branche aînée de Caraybat, par le décès de dame
Elisabeth de Lourdes, marquise de Luppé, Jean-
Bertrand de Lorde est le premier seigneur de Lamurasse qui ait porté les titres de comte de Lourdes et de
marquis de Montgaillard, titres qui appartenaient à la
branche aînée. Il épousa en 1791 :

(1) C'est à partir de cette époque que le nom de Lorde prévaut définitivement sur celui de Lourdes.

Marie-Thérèse-Françoise-Antoinette Bayon de Libertat, proche parente de l'amiral Dupetit-Thouars, qui a illustré la marine française, et arrière-petite-fille du célèbre Bayon de Libertat, gouverneur de Marseille à l'avènement d'Henri IV, et dont la statue en marbre blanc s'élève dans la cour de l'hôtel-de-ville de la cité phocéenne. Lorsqu'on apprit à Henri IV que Bayon reconnaissait sa souveraineté et que Marseille, à son exemple, lui rendait hommage, il s'écria avec transport : « Maintenant, je suis roi! »

Bayon fut anobli par ce souverain en récompense du service rendu, en cette occurrence, par son dévouement à la France et à la monarchie.

Un de ses descendants, Henry Bayon de Libertat, beau-frère de Jean-Bertrand de Lorde, était allé, comme beaucoup de fils de famille, chercher fortune en Amérique. Il était établi au Cap, dans l'île de Saint-Domingue, où il possédait d'immenses domaines, lorsque éclata la Révolution, qui fut si fatale à nos colonies, si fatale

surtout à cette malheureuse île! Et, bizarrerie étrange de
la destinée, ce fut de sa maison que partit le signal de
l'insurrection des noirs! Il comptait, parmi ses nombreux
esclaves, un enfant gâté, dont il avait fait son premier
cocher et qui est devenu célèbre sous le nom de Tous-
saint-Louverture.

Du mariage de Jean-Bertrand de Lorde avec Marie-
Thérèse de Bayon est né, le 19 juin 1793, année lugubre
pour la noblesse de France :

HENRY JEAN-FRANÇOIS-MARIE DE LORDE,

marquis de Montgaillard, comte de Lourdes, baron de
Monfa, etc.

Fidèle aux traditions et aux habitudes de sa race qui,
de tout temps, avait servi l'Etat et donné des défenseurs
à la patrie, Henry de Lorde embrassa la carrière des
armes. Dès l'âge de dix-neuf ans, il concourut pour
l'Ecole militaire de Saint-Cyr, où il entra avec le n° 2,

en 1812, époque des dernières grandes guerres de l'Empire. Impatient d'aller combattre les ennemis de la France, il sortit de l'Ecole une année après, avec le grade de sous-lieutenant (30 janvier 1813). Quelques mois plus tard, le 26 août de la même année, sa belle conduite, à Dresde, attira sur lui l'attention de l'empereur, qui le nomma lieutenant sur le champ de bataille. (Le décret impérial est daté du 29 septembre 1813.)

De 1813 à 1815, Henry de Lorde prit part à toutes les campagnes de la Grande Armée, depuis la retraite de Moscou, qu'il alla soutenir au sortir de l'Ecole, jusqu'à la chute de Napoléon. Durant cette période, qui ne fut qu'une série de guerres continuelles, un perpétuel soulèvement de l'Europe contre l'empire, cet officier de vingt ans resta sous les armes comme un vieux guerrier, couchant sous la tente, au milieu des camps, jamais sous un toit.

Nous ne rappellerons pas les nobles actions et les traits de courage par lesquels il se signala en maintes circonstances et dont témoignent à la fois la rapidité de son avancement et les nombreuses blessures mentionnées par ses états de service. Blessé à Bautzen, d'un coup de feu à la tête ; à Leipzig, d'un coup de feu à la jambe droite, il ne prend pas le temps de soigner ses blessures et, à la première bataille, on le retrouve à son poste de combat. A Erfurt, il est fait prisonnier ; mais bientôt il s'évade et, au mépris d'obstacles et de périls dont le récit formerait une nouvelle odyssée, il traverse l'Allemagne pour venir faire la campagne de France.

Le désastre de Waterloo marqua le dénouement de cette épopée héroïque, trop tôt terminée pour Henry de Lorde, qui n'aurait pas tardé à inscrire son nom à côté de ceux des grands capitaines de cette époque. C'était un homme de haute taille, de grandes manières et de structure antique, qui rappelait les anciens preux, et dont l'âme ardente, susceptible des plus grands dévouements, vibrait toujours à l'unisson des grandes âmes et des cœurs patriotes.

Dans le cours de ses campagnes, sa forte constitution, soumise à tant de rudes épreuves, avait subi de profondes altérations, qui avaient passé inaperçues, au milieu des patriotiques émotions du champ de bataille, mais qui, aggravées par les douleurs morales de l'invasion et de nos catastrophes sanglantes, l'obligèrent, sitôt la guerre terminée, à demander sa retraite.

Licencié en 1815, à l'armée de la Loire, il se retira à la campagne, dans son charmant domaine de Mazères, où il trouva, au sein d'une famille qui l'adorait, les soins et le repos nécessaires au rétablissement de sa santé. Mais, chez une âme de cette trempe, le repos ne pouvait être de longue durée.

En 1823, quand la France humiliée commença à respirer et à reprendre courage, le marquis Henry de Lorde, saisi d'un frisson patriotique, demanda et obtint sa réintégration dans les cadres de l'armée active. Il prit part, comme capitaine, à la guerre d'Afrique, où sa noble conduite lui mérita, entre autres distinctions, la croix de chevalier de la Légion d'honneur. Mais, peu de temps après, il retomba malade et, au moment où il allait franchir rapidement les grades supérieurs, il fut contraint de renoncer définitivement à la carrière militaire, vers laquelle l'entraînaient ses goûts et ses aptitudes. Cédant aux instances de sa famille et de ses amis, il quitta l'épée pour la toge du magistrat, qu'il a portée avec honneur pendant vingt-sept ans.

En 1874, il est mort à son château de Montégut-Segla, où habite maintenant son fils, le marquis de Lorde-Montgaillard.

De son mariage avec demoiselle Mélanie Dufraisse, de Mazères, Henry de Lorde eut plusieurs enfants, entre lesquels :

1º VICTOR DE LORDE, né en 1829, ordonné prêtre en 1854. Après quelque temps de professorat dans l'ordre des Jésuites, où il se distingua par de fortes études philosophiques, il entra au collège des missions étrangères, et, deux ans plus tard, il partit pour l'extrême Orient.

La vie inactive du cloître ne convenait pas à cette âme

d'élite, aux fortes convictions, née pour les grands dévouements et les grands sacrifices. Les périls des missions lointaines l'attiraient, comme les périls de la guerre attiraient ses ancêtres. Il s'y consacra avec un zèle austère et infatigable. Mais les travaux pénibles de l'apostolat, sous les ardeurs d'un climat meurtrier, finirent par épuiser ses forces physiques. Au bout de trois ans, il tomba malade et il expira le 20 octobre 1862. Sa dépouille mortelle, pieusement ensevelie par les soins des missionnaires du Maduré (Inde anglaise), est encore, à Trichinopoly, où elle repose, l'objet de la vénération des Indiens qui habitent ces contrées. Comme le Christ, son maître et son modèle, Victor de Lorde mourut à l'âge de trente-trois ans, à trois heures de l'après-midi et après trois années d'apostolat !

2° JEAN-BAPTISTE DE LORDE, marquis de Montgaillard, comte de Lourdes, baron de Monfa, etc., etc., dernier représentant de cette dynastie seigneuriale dont nous venons de retracer en traits rapides la généalogie et qui se rattache, par ses alliances, aux plus grands noms de la noblesse française ;

3° Madame ADELINE NOBERT DE LORDE, religieuse de l'Ordre de Nevers ;

4° Mademoiselle HONORINE DE LORDE.

Archives nobiliaires du Béarn et du Languedoc, par Jean Comtezat, ch. IX.

N. Nous ne pouvions, sans dépasser les bornes de ce cadre généalogique, faire figurer dans cette succession seigneuriale les membres collatéraux de la famille de Lourdes qui, à diverses époques, se sont illustrés à la guerre, dans les Parlements et dans le clergé. Un autre jour, nous entreprendrons cet ouvrage, qui ne sera pas sans intérêt ni sans utilité pour l'histoire de nos contrées.

Toulouse, Imprimerie Douladoure, rue Saint-Rome, 39.

www.ingramcontent.com/pod-product-compliance
Lightning Source LLC
Chambersburg PA
CBHW060840180626
46818CB00004B/1524